FIFE CULTURAL TRUST
FCT116078

D1079129

Este libro pertenece a
Tu nombre:

PEPITO EL GALLITO

Por: Tina Rantes

Muchas gracias

Tina Rantes

Una mañana, los animales después de las ocho despertaron
El gallo se atrasó sin poder avisarles y así no se levantaron
Con tristeza vieron como sus planes se estropeaban,
Pues para despertarse siempre en el gallo confiaban.

El cabrito enojado dijo: “Esto no es nada justo,

¡Yo dependía del gallo y ahora tengo este susto!

Yo he perdido la cita que en la barbería hoy era

¿Quién cortará mi barba? ¡Me veo mal de esta manera!”

La vaca le dijo al cabro: “Que vanidoso compañero,

¡Y yo que necesitaba dar mi leche fresca al granjero!

Ese gallo se levantó tarde. No sé cómo ni se por qué

Pero no podré ir a trabajar a tiempo y ahora me enojé.

La ardilla entre lágrimas dijo: “¿Es tan malo todo esto?

Yo perdí mi turno en el dentista y triste me he puesto,

Traté de quebrar una dura nuez y rompí mi diente,

Eso me mantuvo despierto y no descansó mi mente.”

El burrito estaba preocupado; había perdido tanto,

No podía perder la cita con su entrenador de canto.

“Pueden reírse de mi lo que quieran” pero no me afectarán,

“Me inscribí en un concurso de canto y ya no me llamarán.”

El caballo agregó: “Esta claro: todos estamos enojados,

Yo perdí mi pedicura y mis cascos están muy gastados

En lugar de estarnos quejando, al gallo vayamos a ver,

Si está durmiéndose en el trabajo, algo vamos a hacer.

Se marcharon por el camino y la vaca los iba a guiar,
Le pedirían al Señor Gallo que explicara su mal actuar.
Los animales estaban ansiosos. ¿Estaba algo muy mal?
El gallo debería estar ya parado en la reja como era usual.

Se asomaron al gallinero y ¿Qué fue lo que encontraron?

Al gallo roncando y tan desordenado que se asombraron.

Muchos pollitos corrían y sobre su cabeza estaban saltando,

Ni siquiera el ruido pudo despertarlo y seguía roncando.

Realmente no fue fácil, pero lo despertaron finalmente,

“Mi esposa se fue de vacaciones” dijo desesperadamente.

“Ella necesita una pausa de los pollitos; está muy ocupada,

Y tuve que colaborar -no quería que estuviera agotada!”

Los animales se sintieron mal por su cansado amigo,

Los niños tienen energía y siempre quieren jugar contigo

“Te cubriré para mañana”, dijo la vaca como voluntaria,

“Puedes dormir tarde; te ayudará en tu vida diaria.”

El día siguiente la vaca antes que amaneciera se levantó,
Pero no pudo ayudar pues su gran tamaño se lo impidió.
Su voz no era muy sonora; se preguntó cómo contribuir,
Así que subió a un árbol para decir “muu” y la lograran oír.

MOOOOOOOO!

Las vacas no deberían trepar árboles -es falta de dignidad,

La rama rompió y el rabo de espinas se llenó en cantidad.

Otro animal debía ocupar el puesto de despertador oficial,

Y el niñero-cabro le sacó las espinas a este pobre animal.

El señor Pavo Real anunció: “El trabajo es fácil para mí,

Gritar no es un problema; a todos podré despertaré así.”

Todos saltaron cuando escucharon al pavo real graznar,

Los adultos se asustaron; los bebes se pusieron a temblar.

El cerdito se dio cuenta que era su turno de intentar,

“¡Tu sonido de ‘oink’ se parece a un sonido al roncar!”

Los animales estaban listos a darse por vencidos,

Los despertares eran del gallo; no como estos ruidos.

El sabio búho subió a un árbol para dar una idea mejor:

“Deberíamos comprarle al gallo un nuevo reloj despertador.

Buscaremos el reloj con un sonido que sea más fuerte,

Así el gallo se levantará a tiempo para que nos despierte.”

Los animales compraron un reloj -una sorpresa especial,

Este despertaría al gallo para despertar a cada animal.

De seguro lo ayudaría a hacer excelente su rutina,

Al menos hasta que volviera su esposa, la gallina.

El gallo miró el reloj y sonrió con mucho orgullo,

Un regalo de sus amigos que estaban al lado suyo.

El reloj funcionó muy bien y así logró salvar el día,

El gallo los despertó así, mientras su esposa venía.

La señora Gallina regresó a casa muy descansada,

Los animales se alegraron al saber de su llegada.

El más feliz de todos era el gallo y no lo iba a fingir,

Finalmente regresó su esposa y él podría salir.

Desde entonces el gallo recuerda ayudar a su esposa,

Aprendió que cuidar a los pollitos es una tarea valiosa.

Él sabía que lo logró por sus amigos que lo ayudaron,

Hicieron lo que pudieron y así su cariño demostraron.

Fin

Estamos muy contentos de que hayas leído nuestra historia.

Este libro está escrito con mucho amor para todos mis lectores.

Gracias
Tina

Publicado e impreso en Estados Unidos de América, 2016

CPSIA information can be obtained at www.ICGtesting.com
Printed in the USA
LVIW01n1441250517
535837LV00008B/56